KB249669

간절하게 참 철없이

간절하게 참 철없이

안 도 현 시 집

창비

차 례

제2부

제1부

공양

싸리꽃을 애무하는 산(山)벌의 날갯짓소리 일곱 근

몰래 숨어 퍼뜨리는 칡꽃 향기 육십평

꽃잎 열기 이틀 전 백도라지 줄기의 슬픈 미동(微動) 두 치 반

외딴집 양철지붕을 두드리는 소낙비의 오랏줄 칠만구천 발

한 차례 숨죽였다가 다시 우는 매미울음 서른 되

가을의 소원

적막의 포로가 되는 것

궁금한 게 없이 세을러지는 것

아무 이유 없이 걷는 것

햇볕이 슬어놓은 나락 냄새 맡는 것

마른풀처럼 더이상 뻗지 않는 것

가끔 소낙비 흠씬 맞는 것

혼자 우는 것

울다가 잠자리처럼 임종하는 것

초록을 그리워하지 않는 것

독거

나는 능선을 타고 앉은 저 구름의 독거(獨居)를 사랑하
련다

염소떼처럼 풀 뜯는 시늉을 하는 것과 흰 수염을 길렀
다는 것이 구름의 흠이긴 하지만,

잠시 전투기를 과자처럼 깨물어먹다가 뱉으며, 너무
딱딱하다고, 투덜거리는 것도 썩 좋아하고

그가 저수지의 빈 술잔을 채워주는 데 인색하지 않은
것도 좋아한다, 떠나고 싶을 때 능선의 옆구리를 발로 툭
차버리고 떠나는 것도 좋아한다

이 세상의 방명록에 이름 석 자 적는 것을 한사코 싫어
하는,

무엇보다 위로 치솟지 아니하며 옆으로 다리를 쭉 펴

고 앉아, 대통령도 수도승도 아니어서 통장의 잔고를 확
인하지 않아도 되는 저 구름,

　보아라, 백로 한 마리가 천천히 허공이 될 때까지 허공
이 더 천천히 저녁 어스름에게 자리를 내어줄 때까지 우
두커니 앉아 바라보기만 하는

　저 구름은, 바라보는 일이 직업이다

　혼자 울어보지도 못하고 혼자 밤을 새보지도 못하고
혼자 죽어보지도 못한 나는 그래서 끝끝내,

　저 구름의 독거를 사랑할 수밖에 없다는 생각이 든다

월식

젊은 아버지는 어머니에게 달을 따주겠다고 했겠지요

달의 테두리를 오려 술잔을 만들고 자전거 바퀴를 만들고 달의 속을 파내 복숭아 통조림을 만들어 먹여주겠노라 했겠지요

오래전 아버지 혼자 사다리를 타고 지붕에 올라간 밤이 있었지요 사춘기의 풀벌레가 몹시 삐걱거리며 울던 그 밤,

그런데 누군가 달의 이마에다 천근이나 되는 못을 이미 박아놓았던 거예요 그 못에다 후줄근한 작업복 바지를 걸어놓은 것은 달빛이었고요

세월이 가도 늙지 못한 아버지는 포충망으로 밤마다 쓰라리게 우는 별들의 울음소리 같은 것을 끌어모았을 거예요

아버지 그림자가 달을 가린 줄도 모르고 어머니, 그리
하여 평생 캄캄한 이슬의 눈을 뜨고 살았겠지요

세상의 모든 여인숙

여인숙이 다닥다닥 붙어 있는 골목 입구에 서면 나는 빈 의자들하고 흥정을 하고 싶어진다 나를 다시 낳아줄래요?

맨 처음 나를 낳은 것은 어머니였지만 아랫도리를 내리고 나를 두번째 낳은 것은 여인숙이다, 그날밤의 나를 어머니, 다시 깨끗하게 낳아줘요, 매달리고 싶게 만든 것도 여인숙이다

가끔 나는 숙박계에 이 세상에 없는 자의 주민등록번호를 쓰고 벽에 구름의 바지를 걸어놓고 잠든 적 있다 그런 어느날 번갯불이 유리창에 금을 그으며 지나가고 백열전구는 밤새 깜박거리며 어둠의 알을 낳았다

골목은 훌쩍 커버렸다 골목이 밖에 나가 놀다 오면 지금도 젖을 꺼내 물린다는 늙은 여인숙, 그녀가 골목의 어머니였다

세상의 모든 여인숙 간판의 불을 끄지 말자 비어 있는
방이 있다는 거다 몇겹 페인트칠이 벗겨진 것은 누군가
허벅지 비비는 밤을 보내고 있다는 거다 나이 든 어머니
에게 애인을 붙여주자

명자꽃

　그해 봄 우리집 마당가에 핀 명자꽃은 별스럽게도 붉었습니다

　옆집에 살던 명자 누나 때문이라고 나는 생각하였습니다

　나는 누나의 아랫입술이 다른 여자애들보다 도톰한 것을 생각하고는 혼자 뒷방 담요 위에서 명자나무 이파리처럼 파랗게 뒤척이며

　명자꽃을 생각하고 또 문득 누나에게도 낯설었을 초경(初經)이며 누나의 속옷이 받아낸 붉디붉은 꽃잎까지 속속들이 생각하였습니다

　그러다가 꽃잎에 입술을 대보았고 나는 소스라치게 놀랐습니다

　내 짝사랑의 어리석은 입술이 칼날처럼 서럽고 차가운 줄을 처음 알게 된

　그해는 4월도 반이나 넘긴 중순에 눈이 내렸습니다

　하늘 속의 눈송이가 내려와서 혀를 날름거리며 달아나는 일이 애당초 남의 일 같지 않았습니다

명자 누나의 아버지는 일찍 늙은 명자나무처럼 등짝이
어둡고 먹먹했는데 어쩌다 그 뒷모습만 봐도 벌 받을 것
같아

　나는 스스로 먼저 병을 얻었습니다

　나의 낡은 자리에 누워 이마로 찬 수건을 받는 일이었
습니다

　어린 나를 관통해서 아프게 한 명자꽃,

　그 꽃을 산당화라고 부르기도 한다는 것을 알게 될 무렵

　홀연 우리 옆집 명자 누나는 혼자 서울로 떠났습니다

　떨어진 꽃잎이 쌓인 명자나무 밑동은 추했고, 봄은 느
긋한 봄이었기에 지루하였습니다

　나는 왜 식물도감을 뒤적여야 하는가,

　명자나무는 왜 다닥다닥 홍등(紅燈)을 달았다가 일없이
발등에 떨어뜨리는가,

　내 불평은 꽃잎 지는 소리만큼이나 소소한 것이었지
마는

　명자 누나의 소식은 첫 월급으로 자기 엄마한테 빨간

내복 한 벌 사서 보냈다는 풍문이 전부였습니다

해마다 내가 개근상을 받듯 명자꽃이 피어도 누나는 돌아오지 않았고,

내 눈에는 전에 없던 핏줄이 창궐하였습니다

명자 누나네 집의 내 키만한 창문 틈으로 붉은 울음소리가 새어나오던 저녁이 있었습니다

그 울음소리는 자진(自盡)할 듯 뜨겁게 쏟아지다가 잦아들고 그러다가는 또 바람벽 치는 소리를 섞으며 밤늦도록 이어졌습니다

그 이튿날, 누나가 집에 다녀갔다고, 애비 없는 갓난애를 업고 왔었다고 수런거리는 소리가

명자나무 가시에 뾰족하게 걸린 것을 나는 보아야 했습니다

잎이 나기 전에 꽃몽우리를 먼저 뱉는 꽃,

그날은 눈이 퉁퉁 붓고 머리가 헝클어진 명자꽃이 그해 첫 꽃을 피우던 날이었습니다

빗소리

저녁 먹기 직전인데 마당이 와자지껄하다

문 열어보니 빗줄기가 백만대군을 이끌고 와서 진을
치고 있다

둥근 투구를 쓴 군사들의 발소리가 마치 빗소리 같다

부엌에서 밥 끓는 냄새가 툇마루로 기어올라온다

왜 빗소리는 와서 저녁을 이리도 걸게 한상 차렸는가

나는 빗소리가 섭섭하지 않게 마당 쪽으로 오래 귀를
열어둔다

그리고 낮에 본 무릎 꺾인 어린 방아깨비의 안부를 궁
금해한다

기차

　삼례역에서 기차가 운다, 뿡뿡, 하고 운다, 우는 것은
기차인데
　울음을 멀리까지 번지게 하는 것은 철길이다, 늙은 철
길이다

　저 늙은것의 등뼈를 타고 사과궤짝과 포탄을 실어나른
적 있다
　허나, 벌겋게 달아오른 기관실을 남쪽 바닷물에 처박
고 식혀보지 못했다

　곡성이며 여수 따위 목적지로 가기 위해서가 아니라,
배반하지 못했으므로
　단 한번도 탈선해보지 못했으므로 기차는 저렇게 서서
우는 것이다

　철길이란, 멀리 가보고 싶어 자꾸 번지는 울음소리를
　땅바닥에 오롯이 두 줄기 실자국으로 꿰매놓은 것

그 어떤 바깥의 혁명도 기차를 구하지 못했다
철길을 끌고 다니는 동안 서글픈 적재량이 늘었을 뿐

그리하여 끌고 다닌 모든 길이 기차의 감옥이었다고
독방이었다고, 그 안에서 왔다갔다하면서 저도 녹슬었
다고

기차는 검은 눈을 끔벅끔벅하면서 기어이
철길에 아랫배를 바짝 대고 녹물을 울컥, 쏟아낸다

고니의 시작(詩作)

고니떼가 강을 거슬러오르고 있다
그 꽁무니에 물결이 여럿 올올이
고니떼를 따라가고 있다
가만, 물결이 따라가고 있는 게 아니다
강 위쪽에서 아래쪽까지 팽팽하게 당겨진
수면의 검은 화선지 위에
고니떼가 붓으로 뭔가를 쓰고 있는 것,
붓을 들어 뭔가를 쓰고 있지만
웬일인지 썼다가 고요히 지워버리고
또 몇문장 썼다가는 지우고 있는 것이다
저 문장은 구차한 형식도 뭣도 없으니
대저 만필(漫筆)이라 해야 할 듯,
애써 무릎 꿇고 먹을 갈지 않고
손가락 끝에 먹물 한점 묻히지 않는
평생을 쓰고 또 써도 죽을 때까지
얇은 서책 한 권 내지 않는 저 고니떼,
이 먼 남쪽 만경강 하구까지 날아와서

물 위에 뜻모를 글자를 적는 심사를
나는 사사해야 하지 않겠는가?
그렇게 쓰고 또 쓰는 힘으로
고니떼가 꽈아니, 꽈아니, 하며
한꺼번에 붓대를 들고 날아오르고 있다
허공에도 울음을 적는 저 넘치는 필력을
나는 어찌 좀 배워야 하지 않겠는가?

공부

황조롱이 한 마리 공중에 떴다, 16층 창밖에 정지상태다
내 눈썹 높이와 한치 어김없는 일직선이다
생각하니, 허공에 걸린 또 하나의 팽팽한 눈썹이다
이 높이까지 상승기류를 타고 그는 순식간에 떠올랐겠
으나
엘리베이터에 휘청휘청 실려온 나, 미안하고, 또 괜히
무안하다
그는 왼쪽에서 미는 구름과 오른쪽에서 미는 구름을
양 날개 속에 숨겼다
위에서 내리누르는 바람과 아래에서 떠받치는 바람을
발톱 끝에 말아쥐었다
그는 침묵하고 있다, 입을 다물고 있는 동안 부리는 더
욱 단단해지고 날카로워졌다
나는 낡아가는데,
그는 오만한 독학생 같다
세상의 책에다 밑줄 하나 긋지 않고 있다, 밑줄 같은 건
먼 산맥의 능선과 굽이치는 강물에다 일찌감치 다 그

어두었다는 듯

　그는 날샌 황조롱이, 나는 조롱 한번 해보지 못하고 쭈글쭈글해졌다

　별을 따기 위해 홀로 빛나기 위해 하늘의 열매를 탐해 공중에 뜬 게 아니다 그는

　벽을 치고 창을 달고 앉아 있는 나하고는 상관없이

　내리꽂힌다, 시속 이백 킬로미터나 되는 속도로, 땅위의 한 마리 들쥐 때문이 아니라

　내리꽂혀야 하므로, 나를 조롱하듯 그는 내리꽂힌다

사라진 똥

뒷산에 들어가 삽으로 구덩이를 팠다 한뼘이다

쭈그리고 앉아 한뼘 안에 똥을 누고 비밀의 문을 마개로 잠그듯 흙 한 삽을 덮었다 말 많이 하는 것보다 입 다물고 사는 게 좋겠다

그리하여 감쪽같이 똥은 사라졌다 나는 휘파람을 불며 산을 내려왔다

──똥은 무엇하고 지내나?

하루 내내 똥이 궁금해

생각을 한뼘 늘였다가 줄였다가 나는 사라진 똥이 궁금해 생각의 구덩이를 한뼘 팠다가 덮었다가 했다

탁족도(濯足圖)

전주 누옥에서 백담사 만해마을까지 과속을 일삼아 달려왔으니 무릇 짐승의 그것처럼 뜨거워졌겠다 싶은 두 발을 계곡물 속으로 밀어넣는다

잠깐 김밥과 물을 찾아 휴게소 상인들의 점포 앞으로 누추하게 벌벌거리며 걸음을 뗀 적 있으나 그래도 오줌을 눌 때는 제간에 제법 사이좋게 떨어져 있던 두 발이다

내 발바닥에 달라붙어 딱딱하게 굳고 뜨거워진 길이여, 불 꺼지는 소리를 내며 식으라, 나는 내심 고사(高士)인 양 물의 속살에 발을 의탁하였다

허나, 빈한한 하체와 허리띠 밖으로 삐져나오려는 아랫배의 과적이 적이 민망하여 애써 한참을 생각느니, 길을 달려왔으나 정작 길을 데리고 오지는 못하였다는 자책이 물소리가 되어 발목을 묶는다

일찍이 들으니 연암 같은 이는 하룻밤에 아홉 번 강을 건너도 물소리가 귀에 닿지 않았다는데, 내 귓속에는 일생을 헛짚고 살아온 물소리가 몇 두레박이다 헛짚어도 길을 여는 저 물줄기를 장하게 생각할지언정 무심하게 흘려보낼 수 없다

그러다가 또 내 두 발은 비유컨대 물속의 교각이라는 데까지 생각이 미치니, 나는 물속에 발을 담그고 두 개의 허공을 뚫고 말았던 것, 내 몸이 앉아 있는 허공이었던 것, 필경에는 아무도 건너갈 수 없어 스스로 건너가야만 하는 허공 같은 다리였던 것

어쩔거나, 물에 뜬 구름들 불러모아 비빔밥을 만들어 저자의 중생들에게 한 양푼씩 먹일까, 수면에 욜랑욜랑 무늬를 짓는 빛의 시문(詩文)을 베껴두었다가 밤 들면 어두운 창가에 걸어나 볼까, 이 계곡에 산다는 어름치의 집을 방문해 그 새끼들에게 공책값이라도 쥐여줄까, 이렇

게 몇자 적어도 과하지 않을지

곡비

울다가 다 못 울고 죽은 것들이
살아도 괴로운 것들이 곡비(哭婢)가 되었다

실상사 귀농학교 계곡에서 책을 읽다가
곡비들이 몰려와 우는 통에 두 귀를 빼앗겨버렸다

저렇게 한순간도 쉬지 않고 우는 까닭은
한잔의 술 때문이 아니라 강의 등뼈를 물소리로 채우
기 위한 것

계곡물에 발 담근 억새들의 발목을 뜯어먹으며
어디 가서 울어줄 데 없나, 짐승처럼 두리번거리는

물소리여, 사람이 죽어도 고요한 세상을 꿰차고 가는
물소리여,
내가 밑줄 그어놓은 모든 책의 페이지를 하얗게 지우
는구나

얼음장 밑에서도 엎드려 울다가 오늘은
물길을 아랫마을로 서둘러 내려보내놓고 자진(自盡)하
는구나

같이 울어주는 게 아니라, 울음마저 탕진하기 위해
곡비는 죽어서 물소리가 되었다

고양이뼈 한 마리

고양이뼈 한 마리가 앞다리를 낮추고 바짝 웅크리고
있다

당장에 달아날 듯, 묵은 개나리 가지를 쳐내자, 그 자리
에, 바로 뒷발로 땅을 박차고 튀어오를 듯

고양이뼈 한 마리가 제 몸을 동그랗게 말고 있다

수염 한 올, 살가죽 한 장 없이, 얼룩무늬도 벗어던지고

이 짐승이 대체 어디를 급히 가려나, 나는 궁금했다

그러다가, 왜, 이곳에, 혼자 와서 숨어 있었는지도 궁금
했다

쪼르르 꽃핀 개나리 가지 같은 꼬리뼈를 한껏 치켜들
고 있는 이 고양이뼈 한 마리는

세상의 소란한 햇빛 따위 작파하고, 약에 취한 듯, 비틀
거리듯

쓰러지듯, 이 그늘을 찾아들었을까

세상의 뒤쪽이거나 아래쪽에 기어이 살고 싶었을까

가지런한 갈비뼈로 손수 하얗게 수의를 지어 입은

이 짐승을 찾아, 길을 물어 찾아와, 어느날 어린것들은

아연 떼로 울고불고 하였을 것이고,

식어버린 이 짐승의 골반에다 코를 대고 한없이 문지르다가, 문지르다가 돌아갔으리라

그리하여 이 고양이뼈 한 마리, 문득 제 뼈를 수습하다가

나한테 들킨 게 아니라, 달려가봐야 한다는 듯

젖 먹이다가 두고 온 새끼들이 먼데서 앙앙 우는 소리를 듣고는, 몸을 일으키던 참이었으리라

몸에 물큰한 젖이 돌아, 견딜 수 없다는 듯, 봄날 저녁에

조문(弔文)

뒷집 조성오 할아버지가 겨울에 돌아가셨다
감나무 두 그루 딸린 빈집만 남겨두고 돌아가셨다

살아서 눈 어두운 동네 노인들 편지 읽어주고 먼저 떠
난 이들 묏자리도 더러 봐주고 추석 가까워지면 동네 초
입의 풀 환하게 베고 물꼬싸움 나면 양쪽 불러다 누가 잘
했는지 잘못했는지 심판봐주던

이 동네의 길이었다, 할아버지는
슬프도록 야문 길이었다

돌아가셨을 때 문상도 못한 나는 마루 끝에 앉아, 할아
버지네 고추밭으로 올라가는 비탈, 오래 보고 있다

지게 지고 하루에도 몇번씩 할아버지가 오르내릴 때
풀들은 옆으로 슬쩍 비켜앉아 지그재그로 길을 터주곤
했다

비탈에 납작하게 달라붙어 있던 그 길은 여름 내내
바지 걷어붙인 할아버지 정강이에 볼록하게 돋던 핏줄
같이 파르스름했다

그런데 할아버지가 돌아가시고
그 비탈길을 힘겹게 밟고 올라가던
느린 발소리와 끙, 하던 안간힘까지 돌아가시고 나자
그만

길도 돌아가시고 말았다

풀들이 우북하게 수의를 해 입힌 길,
지금은 길이라고 할 수 없는 길 위로
조의를 표하듯 산그늘이 엎드려 절하는 저녁이다

기러기 알

집에서 기르는 기러기가 낳은 거라고 강희가 기러기
알을 여남은 개 가지고 왔다
기러기 알은 고운 재를 개어 발라놓은 듯 매끄러웠고
계란보다 굵었다
계란처럼 삶아서 먹으면 된다 하였다

나는 기러기 알을 받아들고
허공 찬바람을 가르지 못하고, 혼자 사는 강희네 집에
서 함께 사는 기러기 엄마를 생각하였다
그녀의 까만 눈과 부리를 생각하였다
부드러운 가슴털로 알을 품어 하나의 편대를 이루어
날아가지 못한 그녀,
그녀의 울음소리를 생각하였다
울음이 알을 낳았지, 생각하였다

엄마 떠난 기러기 알은
껍데기로 속을 감추고

울음을 참고 있는 것 같다

나는 기러기 알을 조심스럽게 가슴에 품는다
그러자 불현듯 갈대밭의 발목을 적시는 물소리가 들린다
내 발가락이 개펄을 활주로 삼아
타, 타, 타, 타, 타 이륙할 듯 꼼지락거리고 있었다
모가지는 기럭기럭 길을 내면서 앞으로 나아갈 듯 마치 나아갈 듯
길쭉하게 늘어나고 있었다

구절초의 북쪽

흔들리는 몇송이 구절초 옆에
쪼그리고 앉아본 적 있는가?
흔들리기는 싫어, 싫어, 하다가
아주 한없이 가늘어진 위쪽부터 떨리는 것
본 적 있는가? 그러다가 꽃송이가 좌우로 흔들릴 때
그 사이에 생기는 쪽방에 가을햇빛이
잠깐씩 세들어 살다가 떠나는 것 보았는가?
구절초, 안고 살아가기엔 너무 무거워
가까스로 땅에 내려놓은 그늘이
하나같이 목을 길게 빼고, 하나같이 북쪽으로
섧도록 엷게 뻗어 있는 것을 보았는가?
구절초의 사무치는 북쪽을 보았는가?

목판화

정월 보름밤 아이들이 깡통에 불을 넣어 휙휙 돌리고 있었다

깡통은 어두운 허공의 사과껍질을 깎는 것처럼 둥그렇게 칼집을 내며 칼끝이 지나간 자리마다 불꽃을 새겨넣었다

눈알이 빨개진 길 잃은 기러기떼가 별안간 뺨 시린 아이들을 부리에 물고 고도를 높이고 있었다

집에 홀로 남은 여자들이 땅을 치며 끼룩끼룩 울었다

울음이 논바닥에 살얼음으로 깔리는 밤이었다

밥 먹을 생각도 하지 않고 혼자 남아 날이 새도록 달을 돌리는 아이가 있었다

제2부

수제비

비 온다
찬 없다

온다간다 말없다

처마 끝엔 낙숫물
헛발 짚는 낙숫물

개구리들 밥상가에
왁자하게 울건 말건
밀가루반죽 치대는
조강지처 손바닥
하얗게 쇠든 말든

섰다 패를 돌리는
저녁 빗소리

무말랭이

외할머니가 살점을 납작납작하게 썰어 말리고 있다
내 입에 넣어 씹어먹기 좋을 만큼 가지런해서 슬프다
가을볕이 살점 위에 감미료를 편편(片片) 뿌리고 있다

몸에 남은 물기를 꼭 짜버리고
이레 만에 외할머니는 꼬들꼬들해졌다

그해 가을 나는 외갓집 고방에서 귀뚜라미가 되어 글
썽글썽 울었다

북방(北方)

물 좋은 명태의 대가리며 몸통을 칼로 쫑쫑 다져 엄지
손톱 크기로 나박나박 썬 무와 매운 양념에 버무려 먹는
찬이 있다 어머니가 말하기를, 명태선이라 한다 국어사
전에는 물론 없다

이 별스럽고 오래된 반찬은 눈발의 이동경로를 따라
북방에서 남으로 내려왔을 것 같다 큰 산에 눈 많이 내리
거나 처마 끝에 고드름 짱짱해야 내륙의 부엌에서는 도
마질 소리가 들려왔던 것이다

이것을 나는 노인처럼 편애하였다, 들창에 눈발 치는
날 달착지근한 무를 씹으면 입에서 눈 밟는 소리가 나서
좋았고, 덜 다져진 명태뼈가 가끔 이에 끼여도 괜찮았다

나도 얼굴을 본 적 없는 할아버지가 맛있게 자셨다는
이것을 담글 때면 어머니는 솜치마 입은 북쪽 산간지방
의 여자가 되었으리라 그런 날은 오지항아리 속에 먼바

다를 귀히 모신다고 생각했으리라

 갓 담근 명태선을 놓고 아들과 함께 밥을 먹는 오늘 저
녁, 눈발이 창가에 기웃거린다 북방한계선 밑으로 내려
가고 싶지 않은, 수만 마리 명태떼가 몰려오고 있다

물외냉국

외가에서는 오이를
물외라 불렀다
금방 펌프질한 물을
양동이 속에 퍼부어주면 물외는
좋아서 저희끼리 물 위에 올라앉아
새끼오리처럼 동동거렸다
그때 물외의 팔뚝에
소름이 오슬오슬 돋는 것을
나는 오래 들여다보았다
물외는 펌프 주둥이로 빠져나오는
통통한 물줄기를 잘라서
양동이에 띄워놓은 것 같았다
물줄기의 둥근 도막을
반으로 뚝 꺾어 젊은 외삼촌이
우적우적 씹어먹는 동안
도닥도닥 외할머니는 저무는
부엌에서 물외채를 쳤다

햇살이 싸리울 그림자를
마당에 펼치고 있었고
물외냉국 냄새가
평상까지 올라왔다

닭개장

　아버지는 우물가에서 닭모가지를 비틀고 어머니는 펄펄 끓는 물을 끼얹어 닭의 털을 뽑았습니다

　장독대 옆 참나리가 목을 빼고 닭볏 같은 꽃을 들이밀고 바라보던 여름이었습니다

　나리꽃 꽃잎에 버둥대던 닭의 피가 몇방울 튀어 묻은 듯 아린 점들이 여럿 박혀 있었습니다

　부엌은 가난처럼 더웠으므로 마당에다 삼발이 양은솥을 걸고 닭을 삶아야 했습니다

　닭이 익는 동안 어머니는 하루도 더 전에 물에 데쳐 삶아 찬물에 담가두었던 무시래기며 배추시래기를 건져 총총 썰었습니다

　물에 불려 오동통해진 토란대와 고사리는 골무 크기 정도로 썰었습니다

　어린 숙주나물을 씻어 채반에 받쳐놓고 텃밭에서 뽑아온 굵은 대파를 큼지막하게 썰었습니다

　더 뜨거워질 수 없을 때까지 장작을 지피다가 닭고기 익는 냄새가 코끝을 파고들면 싸리버섯처럼 노란 기름이

동동 뜬 솥 안에서 닭을 건져냈습니다

쟁반 위에 혼자 웅크린 닭은 뜨거운 김을 서럽게 무럭무럭 피워올렸습니다

어머니는 대접에 떠다놓은 물에 손가락을 몇번이나 담갔다 뺐다 하면서 정말 잘게, 명주실처럼 가늘게도 닭의 살을 찢었습니다

능숙한 어머니의 손 때문에 저녁이 빨리 찾아왔습니다

무시래기와 배추시래기와 토란대와 고사리와 숙주나물과 대파와 그리고 잘게 찢은 닭고기 위에 조선간장과 고춧가루와 깨소금과 참기름으로 갖은 양념을 한 뒤에 어머니는 거기에다 슬슬 주문 외듯 밀가루를 뿌리고는 골고루 버무렸습니다

그 버무림 속에 또 무엇이 더 들어가고 무엇을 덜어냈는지 그때 나는 참으로 궁금하였습니다

살과 뼈가 우러나올 대로 우러나온 회뿌연 국물에다 손으로 버무린 것들을 넣고 센 불로 양은솥 안의 모든 것을 한통속이 될 때까지 끓였습니다

그리하여 닭개장은 비로소 밥상 앞에 앉은 식구들 앞에 둥그렇게 한 그릇씩 놓이는 것이었습니다

마치 붉은 노을을 국자로 퍼다 먹는 듯하던 닭개장

걸쭉하고 화끈거리는 그 국물에 밥을 척척 말아먹고 서늘한 땀을 흘려야 여름이 서너 발짝쯤은 물러날 것 같았습니다

그 이튿날 졸아든 국물이 좀 짜다 싶으면 물 두어 사발 더 붓고 끓여 먹었습니다

나는 찬밥에 말아먹는 게 훨씬 좋아서 어머니한테 없는 찬밥을 찾았습니다

갱죽

하늘에 걸린 쇠기러기
벽에는 엮인 시래기

시래기에 묻은
햇볕을 데쳐

처마 낮은 집에서
갱죽을 쑨다

밥알보다 나물이
많아서 슬픈 죽

홀쩍이며 떠먹는
밥상 모서리

쇠기러기 그림자가
간을 치고 간다

안동식혜

　경북 북부지방 여자들은 음력 정월이면 가가호호 식혜를 만드는데, 찹쌀을 고들고들하게 쪄서 엿기름물에 담고 생강즙과 고춧가루 물로 맛을 내 삭힌 이 맵고 달고 붉은 음식을 특별히 안동식혜라고 부른다

　안동식혜를 담아온 사발에는 잘 삭은 밥알이 동동 뜨고 나박나박 썬 무와 배도 뜨고 잣이나 땅콩 몇알도 고명처럼 살짝 뜨는데, 생전 이 음식을 처음 받아본 타지 사람들은 고춧가루에서 우러난 불그죽죽한, 그 뭐라 필설로 형용할 수 없이 야릇한 식혜의 빛깔 앞에서 그만 어이없어 '아니, 이 집 여인의 속곳 헹군 강물을 동이로 퍼내 손님을 대접하겠다는 건가?' 생각하고는 입을 다물지 못한다

　그뿐이랴, 금방이라도 서걱서걱 소리가 날 것 같은, 입안으로 들어가면 잇몸을 순식간에 화끈 찌르고 말 것 같은 살얼음이 사발 위에 둥둥 떠 있으니 도저히 선뜻 입을

댈 수가 없다는 것이다

  그런데도 안동에 사는 굴뚝새들은 잠 아니 오는 겨울
밤에 봉창을 부리로 두드리며 "아지매요, 올겔에도 식혜
했니껴?" 하고 묻고, 이런 밤 마당에는 목마른 항아리가
검은 머릿결이 아름다운 눈발을 벌컥벌컥 들이키기도 하
는 것이다

진흙메기

짚불을 피우고 배를 딴 메기 몇마리를 던져넣었다

메기들은 내장도 없이 뜨거운 불꽃 속으로 맹렬히 헤엄쳐갔다

가문 방죽 잿빛 진흙에 대가리를 들이밀듯 꼬리지느러미로 땅을 쳤다

삶이란 부레도 없이 허공의 물 위로 풀쩍 솟구쳐오르기도 하는 것

붉은 열망이 가라앉아 뻣뻣해지자 저녁이 재처럼 차가워지고 있었다

진흙이 다 된 메기들은 그때서야 안심하는 것 같았다

우리는 달려들어 쫄깃한 진흙의 살을 뜯어먹으며

어쩌면 코밑에 메기수염이 돋아날지 모른다고 생각하
였다

건진국수

건진국수에는 건진국수,라는 삼베 올 같은 안동 말이 있고 안동 말을 하는 시어머니가 여름날 안마루에서 밀가루반죽을 치대며 고시랑거리는 소리가 있고 반죽을 누르는 홍두깨와 뻣센 손목이 있고 옆에서 콩가루를 싸락눈처럼 술술 뿌리는 시누이의 손가락이 있고 칼국수를 써는 도마질 소리가 있고 멸치국물을 우리는 칠십년대 녹슨 석유곤로가 있고 애호박을 자작하게 볶는 양은냄비가 있고 며느리가 우물가에서 펌프질하는 소리가 있고 뜨거운 국물을 식히는 동안 삽짝을 힐끔거리는 살뜰한 기다림이 있고 도통 소식없는 서방이 있고 때가 되어 사발에 담기는 서늘한 눈발 같은 국수가 있고 찰방거리는 국물이 있고 건진국수 옆에 첩처럼 따라붙는 조밥이 있고 열무며 풋고추며 당파를 담은 채반이 있고 건진국수에는 누대의 숨막히는 여름을 건진국수가 안동 사람들을 건졌다는 설이 있다

예천 태평추

어릴 적 예천 외갓집에서 겨울에만 먹던 태평추라는
음식이 있었다

객지를 떠돌면서 나는 태평추를 잊지 않았으나 때로
식당에서 메밀묵무침 같은 게 나오면 머리로 떠올려보기
는 했으나 삼십년이 넘도록 입에 대보지 못하였다

태평추는 채로 썬 묵에다 뜨끈한 멸치국물 육수를 붓
고 볶은 돼지고기와 묵은지와 김가루와 깨소금을 얹어
숟가락으로 훌훌 떠먹는 음식인데 눈 많이 오는 추운 날
점심때쯤 먹으면 더할 수 없이 맛이 좋았다 입가에 묻은
김가루를 혀끝으로 떼어먹으며 한번도 가보지 않은 바다
며 갯내를 혼자 상상해본 것도 그 수더분하고 매끄러운
음식을 먹을 때였다

저 쌀쌀맞던 80년대에, 눈이 내리면, 저 눈발은 누구를
묶으려고 땅에 저리 오랏줄을 내리는가? 하고 붉은 적의

의 눈으로 겨울을 보내던 때에, 나는 태평추가 혹시 귀한 궁중음식이라는 탕평채가 변해서 생겨난 말이 아닐까, 생각해본 적이 있었다

　허나 세상은 줄곧 탕탕평평(蕩蕩平平)하지 않았다 한쪽으로 치우치지 않고 탕평해야 태평인 것인데, 세상은 왼쪽 아니면 오른쪽으로 기울기 일쑤였고 그리하여 탕평채도 태평추도 먹어보지 못하고 나는 젊은 날을 떠나보내야 했다

　그러다가 술집을 찾아 예천 어느 골목을 삼경(三更)에 쏘다니다가 태평추,라는 세 글자가 적힌 식당의 유리문을 보고 와락 눈시울이 뜨거워진 적 있었던 것인데, 그 앞에서 열리지 않는 문을 두드리다가 대신에 때마침 하늘의 문이 열리는 것을 보고 말았던 것인데,

　그날밤 하느님이 고맙게도 채 썰어서 내려보내주시는

굵은 눈발을 툭툭 잘라 태평추나 한 그릇 먹었으면 하고
간절하게, 간절하게 참 철없이도 생각해본 적이 있었던
것이다

돼지고기 두어 근 끊어왔다는 말

어릴 때, 두 손으로 받들고 싶도록 반가운 말은 저녁 무렵 아버지가 돼지고기 두어 근 끊어왔다는 말

정육점에서 돈 주고 사온 것이지마는 칼을 잡고 손수 베어온 것도 아니고 잘라온 것도 아닌데

신문지에 둘둘 말린 그것을 어머니 앞에 툭 던지듯이 내려놓으며 한마디, 고기 좀 끊어왔다는 말

가장으로서의 자랑도 아니고 허세도 아니고 애정이나 연민 따위 더더구나 아니고 다만 반갑고 고독하고 왠지 시원시원한 어떤 결단 같아서 좋았던, 그 말

남의 집에 세들어 살면서 이웃에 고기 볶는 냄새 퍼져나가 좋을 거 없다, 어머니는 연탄불에 고기를 뒤적이며 말했지

그래서 냄새가 새어나가지 않게 방문을 꼭꼭 닫고 볶은 돼지고기를 씹으며 입 안에 기름 한입 고이던 밤

염소 한 마리

식구들이 모두 달라붙어 키운 염소를
겨울에 잡았다

내장은 무 넣고 자박하게 볶아서 이웃 아저씨들 불러
아버지 술안주로 내고, 다릿살은 프라이팬에 고추장 양
념으로 볶아 먹고 삶아 먹고, 뼈는 머리뼈 등뼈 갈비뼈
다리뼈 할 것 없이 몇날을 기름이 뜨고 뼛골이 흐물흐물
녹아내리도록 고아 후룩후룩 밥 말아먹고

우리 식구는
어미젖을 빠는 어린 염소들마냥
염소고기에 달라붙어 겨울을 보냈다

스며드는 것

꽃게가 간장 속에
반쯤 몸을 담그고 엎드려 있다
등판에 간장이 울컥울컥 쏟아질 때
꽃게는 뱃속의 알을 껴안으려고
꿈틀거리다가 더 낮게
더 바닥 쪽으로 웅크렸으리라
버둥거렸으리라 버둥거리다가
어찌할 수 없어서
살 속으로 스며드는 것을
한때의 어스름을
꽃게는 천천히 받아들였으리라
껍질이 먹먹해지기 전에
가만히 알들에게 말했으리라

저녁이야
불 끄고 잘 시간이야

무밥

무밥 한 그릇이
소반 위에 놓여 있다
소반이 적막하여서
무밥도 적막하여서
송송 채를 썬
흰 무의 무른 살에 스민
뜨거움도 적막하여서
무밥 옆에 댕그라니 놓인
양념간장 한 종지도
옛적에 젊은 외삼촌이
여자를 만난 것처럼
가난하게 적막하여서
들척지근하고 삼삼한
이 한 저녁을
나는 달그락달그락
사랑하지 않을 수 없다

콩밭짓거리

귓갓길에 좌판을 펼친 노파에게 물었다
이 열무 한 단에 얼마예요?
그런데 묻는 말에는 대답도 하지 않고 대뜸 콩밭짓거
리,라고 한다

사내가 열무값을 묻는 게 무슨 짓거리라는 말인가?
(불알 두 쪽 떨어질지 모르니 조심하라고?)
아니면 내가 콩밭에서 한 짓거리를 다 봤다는 뜻일까?
(콩밭에 쭈그려앉아 똥 눈 적 있으나 이미 삼십년도 더
된 옛일!)
그도 저도 아니라면 이 세상에 와서 저지른
나의 모든 못된 짓거리를 호통치는 소리일까?
(그렇다면 이 노파는 나를 꾸짖으러 내려온 지장보살?)
도대체 콩밭짓거리라니, 귀신 씻나락 까먹는 소리 앞에
열무를 숭숭 썰어 밥 비벼먹고 싶은 저녁이 갑자기 난
감해졌다
이 콩밭짓거리 겁나게 좋은 거 알지? 노파는

벌레가 송송 뚫어놓은 열무 잎사귀를 펼쳐 보였다
나는 농약을 치지 않은 것이라 여기고 서둘러 값을 치
렀다

한참 후에야 알았다, 콩밭짓거리
콩밭 고랑 사이사이에 씨 뿌린 열무 따위의 푸성귀를
전라도에서는 여름철에 김칫거리로 곧잘 쓴다는 그
것을
콩밭짓거리라고 부른다는 것을

콩밭의 햇볕, 콩밭의 그늘
반반씩 골고루 받아먹고 자란 콩밭짓거리
그 줄기를 씹으면 사각, 연둣빛 단물이 입에 고여 찰방
거리는
벌레도 사람도 반반씩 사이좋게 나눠먹는 콩밭짓거리

민어회

집에서 멀리 나가 혼자 어둑하게 누워 있고 싶을 때가
있다

당신은 나를 찾아 눈에 불을 켜고 밤 등대처럼 울지 모
르겠으나, 나는

곧장 목포 유달산 밑으로 가서 영란횟집 계산대 앞에
민어 한 마리로 누워 있겠다 벗겨 손질한 껍질 옆에다 소
금 종지를 두고 내장을 냄비에 끓여 미나리도 반드시 몇
가닥 얹겠다

혹여 전화하지 마라 올 테면 연분홍 살을 뜨는 칼처럼
오라 바다의 무릉도원에서 딴 복사꽃을 살의 갈피마다
켜켜이 끼워둘 것이니

때로 살다가 저며내고 발라내야 할 것들 때문에 뼈는
아리지 그래도 오로지 뼈만이 폭풍 속에 화석을 새겨넣지

그러므로 당신은 울지 마라 소주병처럼 속을 다 비워
낸 뒤에야 바닷가 언덕에 서서 호이호이 울어라

물메기탕

변산 모항 쪽에 눈 오신다 기별 오면 나 휘청휘청 갈까
하네

귓등에 눈이나 받으며 물메기탕 끓이는 집 찾아갈까
하네

무처럼 희고 둥근 바다로 난 길 몇칼 냄비에다 썰어
넣고

주인이 대파 다듬는 동안 물메기탕 설설 끓어 나는 괜
히 서럽겠네

눈 오신다 하기만 하면 근해(近海)의 어두운 속살 같은
국그릇에 코를 박고

한쪽 어깨를 내리고 한 숟가락 후루룩 떠먹고

떠돌던 눈송이 툇마루 끝에 내려앉는 것 한번 보고

여자가 옆에 있어도 좋고 없어도 좋다는 생각을 하겠네

변산 모항 쪽에 눈 오신다 하기만 하면

병어회와 깻잎

군산 째보선창 선술집에서 막걸리 한 주전자 시켰더니
병어회가 안주로 나왔다

그 꼬순 것을 깻잎에 싸서 먹으려는데 주모가 손사래
치며 달려왔다

병어회 먹을 때는 꼭 깻잎을 뒤집어 싸먹어야 한다고,
그래야 입 안이 까끌거리지 않는다고

통영 서호시장 시락국

새벽 서호시장 도라무통에 피는 불꽃이 왁자하였다

어둑어둑한 등으로 불을 쬐는 붉고 튼 손들이 왁자하였다

숭어를 숭숭 썰어 파는 도마의 비린내가 왁자하였다

국물이 끓어넘쳐도 모르는 시락국집 눈먼 솥이 왁자하였다

시락국을 훌훌 떠먹는 오목한 입들이 왁자하였다

전어속젓

날름날름 까불던 바다가 오목거울로 찬찬히 자신을 들여다보는 곰소만(灣)으로 가을이 왔다 전어떼가 왔다 전어는 누가 잘라 먹든 구워 먹든 상관하지 않고 몸을 다 내준 뒤에 쓰디쓴 눈송이만한 어둔 내장(內臟) 한 송이를 남겨놓으니 이것으로 담근 젓을 전어속젓이라고 부른다 사랑하는 이여, 사랑에 오랜 근신이 필요하듯이 젓갈 담근 지 석 달 후쯤 뜨거운 흰밥과 함께 먹으면 좋다

눈 많이 온 날

눈 많이 온 날 장수에서 비행기재 겨우 넘어온 김선생
이 말했다, 안선생, 내 갤로퍼가 눈길에 토끼를 치었어
요, 귀가 갑자기 토끼처럼 길쭉해진 안선생이 김선생을
따라나섰다 비탈진 고갯길 눈 뒤집어쓴 마른 억새 밑둥
치에 토끼가 납작 엎드려 있었다 옆구리에 얼룩진 핏자
국을 눈발이 슬슬 가려주고 있었다, 왼쪽에서 갑자기 튀
어나와 브레이크를 잡을 수가 있어야지, 하고 김선생이
말하자 안선생이 고개를 흔들며, 자동차에게는 측면이지
만 토끼한테는 정면이었겠지요, 하고 말했다 김선생이
머리를 긁적였고, 그러자 하늘이 토끼털처럼 어두워졌다
두 사람은 괜히 짠해졌고, 토끼를 풀숲에 다시 던지고는
허청허청 고개를 내려왔다

퇴근 무렵 서무실에서 토끼탕을 끓였으니 오라는 연락
이 왔다
그날은 정말 눈이 많이 와서 안선생도 소주가 싸하게
생각나던 참이었다

매생이국

저 남도의 해안에서 왔다는

맑은 국물도 아니고 건더기도 아닌 푸른 것, 다만 푸르
기만 한 것

바다의 자궁이 오글오글 새끼들을 낳을 때 터뜨린 양
수라고 해야 하나? 숙취의 입술에 닿는 이 끈적이는 서러
움의 정체를 바다의 키스라고 해야 하나? 뜨거운 울음이
라고 해야 하나?

입에서 오장육부까지 이어지는 푸른 물줄기의 폭포여

아무리 생각해도 아, 나는 사랑의 수심을 몰랐어라

제3부

백석(白石) 생각

통영 바다는 두런두런 섬들을 모아 하숙을 치고 있었다

밥 주리 하루에 두 번도 가고 세 번도 가는 통통배

볼이 오목한 별, 눈 푹 꺼진 별들이 글썽이다 샛눈 뜨는
저녁

충렬사 돌층계에 주저앉아 여자 생각하던 평안도 출신
이 있었다

허기

한 3분쯤 마당귀 두드리다 가는 빗소리 데리고 살까

까치발, 까치발로 크는 상사화 옆에 살까

풀어놓은 다람쥐 불러들여 도토리 던져주며 살까

땅에다 혼자 혀를 박고 있는 삽 한 자루 되어 살까

짐승의 발소리 하르르 알아맞히는 고사리 되어 살까

산가(山家) 1

외딴집이다

둘러보니
아기원추리 집 한 채,
도라지꽃 집 한 채,
뻐꾸기는 집이 여러 채,

외딴집이 아니다
소란스런 마을 한복판이다

산가(山家) 2

나무 끝에 빗소리
오나 안 오나

걸어둔 귀 두 쪽을
매미가 물어뜯고

괴로워하지 말라고
오는 소나기

댓돌 위에
신발짝 뒤집어놓고

들창문 닫고 나서
혼자 생각하느니

남의 뽕밭에 들어가
오디 훔쳐 먹은 일

수련

수련 잎사귀 위에

일광욕하러 나온 물뱀

물뱀 지나간 자리

꿰맬 수 없어

빨간약을 구할 데 없어

수직의 수련이 울고 있다

응답

꿩이 잠깐, 잠깐씩 운다
그 울음소리는 짧고 차가워
아무도 받아주지 않는다

태어나야 할 아이가 늙은 뱃속에
없는
마을

끄어어이, 기어이 외딴집 정짓문이 오래 참았다는 듯
이 크게 운다
　죽은 나무가 죽은 나무 몸속에 들어가 살을 맞비비며
운다

금낭화

6월, 어머니는 장독대 옆에 틀니 빼놓고
시집을 가고 싶은가 보다
장독 항아리 표면에 돋은 주근깨처럼 자잘한 미련도
없이
어머니는 차랑차랑 흔들리는 고름으로 신방에 들고 싶
은가 보다

둥근 방

산길을 오르다가
입을 떡 벌린 채 혼자 나뒹구는 밤송이 하나 보았다
그 입속에 알밤이 세들어 살던 둥근 방이 있었다

알밤이 막 빠져나간 둥근 방은
빈 해안처럼
깊고
고요하였다

어머니는
자궁 들어내고 안동에서 혼자 살고
어머니가 십원짜리 고스톱 치러 친구 집에 가면
안동집도 혼자 산다

칡꽃

칡꽃이 피었다

칡넝쿨 속에 허리 펴고
서서 벌 받는 것처럼

칡넝쿨 속처럼 어둑한 방에 내가 불을 켜놓으면
어느 틈에 꺼버리고 돌아앉아 파를 다듬던 어머니,
어머니, 정말 어두워서 책을 못 읽겠네요!
하지만 칡넝쿨은 자기가 낳은 꽃을 감지 않는다

그렇다면 저 칡꽃은
어머니가 아끼고 아끼다가 모처럼 내게 밝혀준 몇촉
등화(燈火)인가?

누가 불러도 세상 같은 데 나가지 않고

고개 수그리지 않는

꼿꼿한 꽃,

등화(藤花), 자욱한 향기가 자그마치
구십평이다

나비의 눈

산초나무 가지 사이에
알을 슬어놓고 간
나비는
궁금했나?
숨겨둔 알이 잘 있나
몇차례 싸락눈으로
싸드락싸드락 왔다간다
싸락눈으로 와서
가만히 울다
산초나무 손목 적셔놓고
간다
알 속에 든
나비의 어린 눈도
보고 있겠지?
산초나무 잎 틔우고 나면
자로 재보아야 할
허공의 폭,

허공의 깊이,
보고 있겠지?

나, 술 취해 잠든 사이
이불 덮어주고 간
어머니의 눈

곡선들

추어탕집 양동이에 미꾸라지들이 우글거린다
진흙뻘 속을 파고들 때처럼 대가리 끝에 꼿꼿이 힘을
주고 꼬리를 이리저리 흔들면서 우글우글,

몸부림쳐도
파고들어가도
뚫지 못하는 게 몸인가
양동이에는 미끄러운 곡선들만 뒤엉켜
왁자하게 남는다

그 곡선들 위에
주인여자가 굵은소금을 한줌 뿌린다
그러자 하얀 배를 뒤집으며,
소금과 거품을 뱉어내며,
수염으로 제 낯짝을 치며,

잘도 빠져나가던 생애를 자책하는지

미꾸라지들은

곧바로 몸에서 곡선을 떼어낸다

그러고는 축 늘어져 직선으로 빳빳하게 일자(一字)로
눕는다

겨울 삽화

남부시장 정육점 골목에
소피를 파는 집이 있다

소피는 소가 쿵쾅쿵쾅 걸을 때 소의 몸속을 돌던 뜨거
운 것,
이 핏속에는 겨울아침 언덕길을 오를 때 뿜던 콧김 같
은 것도 혹 섞여 있을지 모르는데

못난 뿔처럼 남의 집 담벼락을 들이받았다거나
그 흔한 내장들처럼 평생 똥을 주무른 적도 없는
소피가, 지금은 차갑게 응고되어
붉은 고무 바께쓰에 담겨 있다

정육점 주인은 소의 살과 뼈를 잘 발라내
저울로 일일이 무게를 달아 팔다가
소피는 대접으로 움푹 떠서 판다
한 대접에 천원이다

오래된 발자국

시골 서점 책꽂이에 아주 오랜 시간 꽂혀 있는 시집이
있다
출간된 지 몇해째 아무도 펼쳐보지 않은 시집이다
시인이 죽은 뒤에도 꼿꼿이 그 자리에 꽂혀 살아 있다
나는 그 시인의 고독한 애독자를 안다
본문은 펼쳐 읽지 못하고 제목만 뚫어지게 바라보던
날마다 시집 귀퉁이만 밟아보다가 돌아서던 그를 안다
햇볕의 발자국을 가진 사람을 안다

쇄빙선

하체를 땅에 묻고 사는 사내가 있다

마치 북극바다의 얼음을 가르면서 앞으로 나아가는 쇄
빙선 같다

왜 아랫도리를 보여주지 않을까, 궁금하였으나 한번도
땅에서 몸을 빼내 보여준 적 없다

허리 밑 전체가 땅에 꽂혀 있는 그를 물푸레나무라고
불러야 할까

독야청청 걸어다니는 그의 가지 끝에 고무줄구름 이쑤
시개구름 머리핀구름이 흔들린다 할까

그는 땅을 양쪽으로 가르며 시장바닥을 헤쳐가고 있다

두 팔을 휘두르며 물속에 잠긴 몸을 움직이는 것처럼

장거리 수영선수처럼

비천한 세상을 천천히 끌고 다니는 사내가 있다

눈길

한 노인이 경운기를 끌고 가고 있었다
빗줄기가 굵은 눈발로 바뀌기 시작하는
어둑어둑해지는 국도변,
가로수들을 왔던 길로 되돌아 걸어가게 하고
누가 이 지상의 우물물을 이렇게 뚝뚝 흘리며 퍼가나
싶었다
노인은 엔진소리처럼 투덜거리는 한평생을 끌고
경운기는 눈 내리는 길을 바퀴로 끌고
가고 있었다, 나는 추월하려고 깜박이를 켰다
그때, 비옷 입은 노인의 번들거리는 왼팔로
눈송이들이 벌레처럼 다닥다닥 달라붙는 게 보였다
벌레들은 꿈틀거리며 노인의 목을 타고 올라가
눈썹을 하얗게 갉아먹고 있었다

숭어

숭어가 연락도 하지 않고
뛰어오른다 불쑥불쑥, 숭어는 왜 뛰어오르는가
이 일없는 저녁바다의 수면 위로

뛰어오르며 숭어는
바다가 차갑게 펼쳐놓은 적막의 치맛자락을 찢어보자
는 것인가
저렇게 숭엄한 하늘의 구름장과 노을에다
수직의 칼금이라도 내보겠다는 것인가

보이지 않는 바다의 뱃속은
이 세상처럼 짜고, 끓는 찌개냄비처럼 뜨거울 수도 있
겠다

평평하고 멀리까지 뻗어 눈에 가물가물해야 길인가
숭어가 뛰어오르는 저,
저 찰나의 한순간도 찬란하고 서늘한 길이 아닌가

식구

두 마리 비오리가
연못을 건너가고 있다
연못 기슭까지 날개가 닿는
커다란 새 두 마리를 데리고
구질구질한 가난도 캄캄한 서러움도 없다는 듯이
푸진 저녁밥상을 차리던 내 어머니같이
그 옆에 말없이 앉은 아버지같이
미끄러지듯 경쾌하게
(물속에 잠긴 두 발은 마구 세상을 긁고 있겠지만)
물 바깥의 자태는 아무 일 아니라는 듯 태연하게
건너가고 있다
두 마리 비오리는
(잘 익은 까마중 같은 눈으로 먹이를 찾느라 두리번거
리겠지만)
암컷의 뱃속에서 여물어가는 알이
차돌처럼 단단해질 때까지는
건너가겠다는 듯이

물 건너는 자작나무

한 떼의 자작나무가 이도백하(二道白河)를 건너고 있다
물을 가르는 허벅지들이 하얗다
자작나무들은 보퉁이 하나씩을 이고 앞서거니 뒤서거
니 가고 있다
머리에 인 보퉁이가 클수록 삶은 가난처럼 슬프다
어두워지는데 옆모습 희미해진 자작나무들이 두런거
린다
백년 넘게 물을 건너느라 발목이 시큰거린다고

검은 리본

그가 죽고 나서
며칠 동안 가슴에 달고 있던
검은 리본을 떼어
나는 하수구 구멍에다 버렸죠
모두들 슬피 울었으나
나는 슬프지 않았죠
교복을 벗어던지고
나는 바다로 나아갔으니까요

나는 검은 리본을 잊었죠
망각 위에 망령이 살아났다면
믿을 수 있겠어요?
어느날 바다에 갔다가
검은 리본을 만났죠
검고, 길고, 끈적끈적한 하수구가
바다에까지 혀를 대고 있었다니까요!

구름과 길과 기억을 버무린 음식의 시학

박형준

시인에게서 '길이 돌아가셨다'라는 낮은 탄식이 흘러
나왔다.

문학평론가 손경목, 박수연과 함께 그의 집필실에 놀
러 간 날이었다. 당시 우리는 『내일을 여는 작가』 편집위
원을 하고 있었는데, 안도현은 그 잡지의 편집주간이었
다. 기와지붕이 있는 아담한 시골 농가에서였다. 툇마루
에 앉아 개울 건너 비탈길에서 흔들리는 나무에 넋을 놓
고 있다가 대문을 나와 개울가에서 또 한참 동안 냇물을
바라보았다. 누군가 뒤에서 툭 치기에 뒤돌아보니 시인
이었다. 그가 내 곁에 쭈그려앉았다. 망연히 개울 건너

비탈을 바라보고 있는데, 그가 낮은 목소리로 '길이 돌아가셨다'고 했다. 그날밤 그의 집필실에 누워 천장에 매달린 말벌집을 바라보았다. 그가 왜 그 말벌집을 따지 않고 그냥 두는지 알 것 같았다.

　　뒷집 조성오 할아버지가 겨울에 돌아가셨다
　　감나무 두 그루 딸린 빈집만 남겨두고 돌아가셨다

　　살아서 눈 어두운 동네 노인들 편지 읽어주고 먼저 떠난 이들 묏자리도 더러 봐주고 추석 가까워지면 동네 초입의 풀 환하게 베고 물꼬싸움 나면 양쪽 불러다 누가 잘했는지 잘못했는지 심판봐주던

　　이 동네의 길이었다, 할아버지는
　　슬프도록 야문 길이었다
　　(…)

　　그런데 할아버지가 돌아가시고
　　그 비탈길을 힘겹게 밟고 올라가던
　　느린 발소리와 끙, 하던 안간힘까지 돌아가시고 나자
　　그만

길도 돌아가시고 말았다

──「조문(弔文)」부분

조성오 할아버지는 동네의 '길'이다. 노인들만 남은 동네에서 눈이 되고 손이 되고 발이 되어주는 그는 서로서로를 이어주는 '길'이다. 그는 그 길의 끝이 묏자리임도 안다. 머지않아 자신도 봉분이 될 것을 알기에 아무도 보아주지 않는, 먼저 떠난 이들의 묏자리를 보듬어 안아준다. 그러나 그 길은 남들을 배려하기 위해서만 있는 것이 아니라 자신에게도 필요한 것이다. 그는 개울의 징검다리를 건너 고추밭으로 올라가기 위해 비탈길에 자신만의 길을 내었다. 풀들이 상하지 않도록 비탈길에 지그재그로 난 길, 거기엔 한 인간의 삶의 자취가 느린 발소리와 함께 끙 하는 안간힘으로 새겨져 있다. 그래서 "슬프도록 야문 길"이다. 이제 지게를 지고 개울의 비탈길을 지그재그로 올라가는 길은 메워졌으나, 풀들은 안다. 자신들을 함부로 밟지 않기 위해 올라간 할아버지의 길이 바로 할아버지의 몸이라는 사실을. 그래서 지금은 "풀들이 우북하게 수의를 해 입힌 길"이 되었다.

『간절하게 참 철없이』에서 시인은 이 집단, 저 집단, 그

집단의 철학이 아닌, 이 땅의 말씀을 시로 펼치고 있다. 그래서 물과 바다가 우리와 형제지간이며, 우리가 할 일은 현대문명의 속도에 휩쓸리지 않고 모천으로 회귀하는 연어처럼 되돌아가 자연의 지혜와 조화되는 길을 찾아야 함을 인식하게 한다. 그렇다고 시인이 이러한 철학을 펼치기 위해 시 안에서 무언가를 힘주어 말하고 있지는 않다. 그의 시는 그저 고요하고 잔잔하고 그래서 따스할 뿐이다. 이 따스함은 이번 시집에서 유독 내 눈에 띄는 단어인 '바라본다'를 통해서도 드러난다. 이 '바라봄'은 사물과 사람에 대한 공경에서 나온다. 좋아하지만 자신이 어찌해볼 수 없기 때문에 "돌아가셨을 때 문상도 못한 나는 마루 끝에 앉아, 할아버지네 고추밭으로 올라가는 비탈, 오래 보고 있"는 그런 바라봄.

우리는 일상적으로 사람이 우리 삶에 미치는 힘이 얼마나 큰지 모른 채로 지나간다. 사람뿐만이 아니다. 그 사람들이 지닌 추억과 기억이 우리들에게 어떤 생각과 느낌을 불러일으키는지 충분히 알려고 하지 않는다. 현대인들은 세계의 중심이 '나'고, 타자와 자연에 대한 모든 판단과 사유를 결정하는 권력자 역시 바로 자기라고 생각한다. 그러나 안도현은 거꾸로 그 독립적인 판단과 사유가 자신의 결정이 아닌, 타자와 자연이 '나'를 그렇게 하도록 조종했다는 믿음을 가진 시인이다. 그의 이번 시집은 자연에서 우리가 차지하는 위치를 완전히 바꿔 생각하는 태도에 기반해 있다. 그런 태도가 바라봄을 통해 나타난다. 그의 바라봄의 시학은 현대인들이 상실해버린 사람과 자연에 대한 근원적 연관을 회복시켜 새롭게 다가설 수 있게끔 한다. 그래서 그의 '바라봄'은 자연스럽게 시집을 읽어나가는 과정에서 독자로 하여금 각자가 새롭게 자신의 기억과 잃어버린 시원을 몽상하게끔 인도한다. 가령 나는 그의 시에서 조성오 할아버지 같은 유년의 내 아버지와 현재의 '나'를 묘하게 오버랩하여 떠올리게 된다.

어린 시절 내 아버지는 겨울이 오면 지게를 지고 산에만 가셨다. 농사철이 끝났으니 집에서 쉴 만도 하련만 싸락눈이 창호지를 쌀랑쌀랑 치는 초겨울부터 하루도 거르지 않았다. 동네 사람들에게서 쌀독은 비었어도 나무만은 부잣집이라는 소리를 들었다. 그가 돌아올 때면 지게 위에 생솔가지가 작은 숲처럼 흔들렸다. 그리고 그 지게의 숲엔 싸리꽃, 칡꽃, 구절초 같은 식물들이 고개를 내밀고 있었다. 아버지가 짊어지고 온 숲에선 냄새가 났다. 밖에서 놀다 돌아올 때 아버지가 산에서 해온 싸리나무로 둘러진 울타리를 손으로 훑으면 싸릿잎에서 번져오는 풋풋한 냄새.

그런 아버지의 피를 물려받은 탓일까. 지금껏 집은 장
만도 못하고 방 안엔 책만 가득하다. 아버지가 부엌 천장
까지 나뭇단을 쌓아올린 것처럼 나 역시 책꽂이도 모자
라 책장 높이만큼 책을 쌓아놓고 살고 있다. 아버지는 어
땠을까. 나는 방에 앉아 책등을 바라보는 것이 그렇게 좋
다. 맘에 드는 책을 사서 본문은 읽지 않고 눈에 잘 띄는
서가에 꽂아놓고 책등을 바라보고 있으면, 책을 펼쳐 읽
는 것보다 마음이 편해지고 무언가가 차올라 기분이 좋
아진다. 아버지도 부엌에 나뭇짐을 부려놓고 나처럼 흐
뭇하게 바라보셨을까.

이렇게 각자가 자신의 삶에서 망각하고 있던 자신의
추억과 사람에 대한 새로운 환기를 이끌어내는 힘, 그것
이 이번 안도현 시집의 매력이라고 할 수 있다. 이 시인
의 독특한 바라봄의 깊은 몽상에 도달하게 되면 우리는
각자의 체험이 얼마나 유사한지, 혹은 공동체험이라 부
를 수 있는 경이로운 지대가 존재할 수 있음을 놀랍도록
깨닫게 된다.

　시골 서점 책꽂이에 아주 오랜 시간 꽂혀 있는 시집
　이 있다

출간된 지 몇해째 아무도 펼쳐보지 않은 시집이다
시인이 죽은 뒤에도 꼿꼿이 그 자리에 꽂혀 살아 있다
나는 그 시인의 고독한 애독자를 안다
본문은 펼쳐 읽지 못하고 제목만 뚫어지게 바라보던
날마다 시집 귀퉁이만 밟아보다가 돌아서던 그를
안다
햇볕의 발자국을 가진 사람을 안다
　　　　　　　　　　　—「오래된 발자국」 전문

좋아하는 시인의 책이지만 애써 펼쳐보지 않는 마음.
날마다 산에 가듯 시골의 한적한 서점에 들러 '햇볕의 발
자국'만을 가만히 놓아두고 오는 사람. 시인의 정신은 아
직도 시퍼렇게 살아 죽은 뒤에도 책꽂이에 꽂혀 꼿꼿이
그 자리를 지키고 있지만 '고독한 애독자'는 그저 응시할
뿐 빼보는 적이 없다. 가만히 바라본다는 것, 그것만으로
삶은 지속된다.

　나는 능선을 타고 앉은 저 구름의 독거(獨居)를 사랑
하련다
　(…)
　보아라, 백로 한 마리가 천천히 허공이 될 때까지 허

공이 더 천천히 저녁 어스름에게 자리를 내어줄 때까
지 우두커니 앉아 바라보기만 하는
　저 구름은, 바라보는 일이 직업이다

—「독거」 부분

　뽈 엘뤼아르는 "하늘에서 내려오는 새[鳥]가 있는 덕분
에 구름에서 사람에게까지는 멀지 않다"(『보여주기』
Donner à voir)고 적었다. 선을 그으며 비상하는 새와 창
공을 둥글게 흘러가는 구름의 비상. 능선에서 움직일 줄
모르는 구름과 그 화면 바깥에서 천천히 흘러드는 백로,
이 정지된 것 같은 풍경 속에서 백로에게 자리를 내어주
는 허공, 그리고 허공이 물기 어린 저녁 어스름에게 자리
를 내어주는 느릿한 흐름들. 능선에 떠 있는 구름이 풍경
을 바라보듯 이 시의 화자는 그런 구름을 바라보고 있으
니, 새 덕분에 과연 구름과 사람은 멀지 않다. 안도현은
이렇게 바라보는 일이 직업인 시인이다.
　이번 시집에서 끈질기게 바라봄으로써 그는 인간과 자
연이 공존하는 길을 모색한다. 흔히 우리가 말하는 영적
인 삶, 혹은 내적인 삶이란 달에서 보는 지구 같은 것, 즉
국경이 존재하지 않으며 인간과 동물, 나아가 자연이 나
뉘지 않고 한겨레가 되는 것이라고 할 수 있다. 그것이

시인 안도현에게는 저 '유년의 밥상'을 통해 이루어진다. 모두가 하나되는 내적 삶을 희유(嬉遊)하기 위해서는 모두가 둘러앉을 거대한 추억의 밥상이 필요하다.

"음식은 사회를 하나로 묶어주는 역할을 하며 식사는 깊은 영적 체험과 밀접하게 연관되어 있다."(피터 파브, 조지 아머라고스 『열정의 소비: 먹는 것의 인류학』) 먹을거리란 이와 같이 우리를 하나로 묶어준다. 그런데 현대문명은 어떤가. 효율성과 경제성을 앞세운 물질문명은 가축의 사육방법까지 바꿔버렸다. 우리가 식탁에 앉아 먹는 물고기, 소, 닭은 비좁은 공간에서 다닥다닥 붙은 채 거대한 '공장식' 농장에서 사육되고 있다. 이 과밀하고 거대한 '동물 도시'의 환경은 질병의 전염과 확산에 따른 두려움뿐만 아니라 생태적 환경의 다양성과 인간 문화의 다양성에 심각한 상처를 준다.

오늘날 전지구적으로 거대기업들이 다양성에 기초한 인류의 먹을거리와 문화를 송두리째 빼앗으면서 각종 폐해가 발생하고 있다. 가령 겉만 보면 싱싱하기 그지없고 윤기가 흐르는 슈퍼마켓에 진열된 과일에 얼마나 많은 화학비료가 사용됐을지 상상해보라.

부엌에서 밥 끓는 냄새가 툇마루로 기어올라온다

왜 빗소리는 와서 저녁을 이리도 걸게 한상 차렸는가

나는 빗소리가 섭섭하지 않게 마당 쪽으로 오래 귀
를 열어둔다

그리고 낮에 본 무릎 꺾인 어린 방아깨비의 안부를
궁금해한다

——「빗소리」 부분

빗소리에 어우러진 밥 짓는 연기. 사람에겐 원초적 체
험에 해당하는 것이 있는데, 나는 밥 짓는 연기가 그렇다
고 생각한다. 가령 도시생활을 하느라 밥을 제때 챙겨먹
지 못하고 식당에서 음식을 주문하고 기다리는 동안 몸
속에선 신기하게 무쇠솥을 들썩들썩 들어올리고 있는,
펄펄 끓어넘치는 밥물 냄새가 난다.

도시에서 먹는 음식이란 것이 아무리 위생적이고 건강
에 이롭게 칼로리가 잘 조절되어 있다고 해도 나 같은 시
골 출신들에겐 언제나 밥 끓는 냄새가 그리운 것이다. 그
래서 고은(高銀) 시인은 저물 무렵 밥 짓는 연기를 보면
"절하고 싶다"(「지나가며」)고 했다. 자연은 내적 삶으로 가

는 통로이고, 언제나 되돌아가야 할 곳, 토방의 무쇠밥
솥, 어머니다. 그래서 이 시 속의 화자는 밥 끓는 냄새에
서 모두들 먹여살리는 공경심을 느끼기에 "낮에 본 무릎
꺾인 어린 방아깨비의 안부"마저 궁금해하는 것이다.

이 시집의 2부가 음식시편으로 된 까닭은 그런 연유에
서 찾아볼 수 있다. 이 시집에는 정말 놀랍도록 우리가
어렸을 때 먹은 음식들의 목록이 시적인 요리로서 하나
하나 환기된다. 물외냉국, 무말랭이, 갱죽, 닭개장, 안동
식혜, 무밥 등 끝없이 이어지는 추억의 메뉴들은 단순히
과거의 기억에 그치지 않고 새롭게 이름 붙여지기를 꿈
꾼다. 시인은 냄새의 다발로 이뤄진 음식의 몽상을 통해
우리를 시원으로 이끎과 동시에 우리가 동의하기만 하면
얼마나 생생하게 그것이 우리 목전에서 살아나는지 보여
주면서 음식 하나하나를 새롭게 명명해나간다. 시집 속
에서 음식들 중 하나를 꺼내보자. 이 음식은 "잘 삭은 밥
알이 동동 뜨고 나박나박 썬 무와 배도 뜨고 잣이나 땅콩
몇알도 고명처럼 살짝 뜨는" 것이다. 그런데 그것을 처음
받아본 타지 사람들의 반응이 재미있다. "생전 이 음식을
처음 받아본 타지 사람들은 고춧가루에서 우러난 불그죽
죽한, 그 뭐라 필설로 형용할 수 없이 야릇한 식혜의 빛
깔 앞에서 그만 어이없어 '아니, 이 집 여인의 속곳 행군

강물을 동이로 퍼내 손님을 대접하겠다는 건가?'"(「안동
식혜」)라고 한다. 우리는 이러한 시행을 통해 안동식혜를
한번도 맛보지 않은 사람도 그것이 "이 집 여인의 속곳
헹군 강물"과 같은 것임을, 그리하여 한 가계(家系)의 은
밀한 기억과 내통하는 것임을 알게 되고 음식이 어떻게
잃어버린 세계를 우리에게 보여주는가를 깨닫게 된다.

　시인은 한 대담에서 자신이 음식시편을 쓴 내력을 다
음과 같이 설명한다. "음식이라는 것은 기본은 미각이지
만 음식을 보기 위해서는 시각이 필요하고, 후각도 필요
하죠. 음식을 씹을 때는 청각도 필요합니다. 모든 감각의
총결집체가 음식이라고 할 수 있습니다. 그리고 모든 음
식에는 과거의 기억과 현재의 욕망이 한데 엉켜 있지
요."(안도현 손택수 송승환 「안도현 — 연민과 성찰의 시인」, 『시
를 사랑하는 사람들』 2007년 11·12월호) 시인의 고백에서 알
수 있듯, 음식은 기억과 관계가 있다. 유년시절의 훼손되
지 않은 공동체에 대한 그리움은 음식을 통해 형상화된
다. 그런데 이 시집에서 음식에 대한 이미지는 미각이나
후각보다 시각이 더 많이 느껴진다. 그가 바라본 모든 사
람과 자연에서 흘러나온 길들이 음식이 되는 것처럼, 시
인은 자신의 기억과 자연과 사람들을 언어로 버무려 우
리 앞에 한상 차려놓고 있다. 그는 음식을 받아먹는 사람

이 아니라 그 음식의 재료가 된 자연이 어떻게 음식이 되었는지를 선명한 시각적 색채로 그려낸다. 안도현은 그러한 음식의 시각화를 통해 독자가 자신의 기억을 의미화하지 않고 바라봐주기를 원하는 듯하다.

물 좋은 명태의 대가리며 몸통을 칼로 쫑쫑 다져 엄지손톱 크기로 나박나박 썬 무와 매운 양념에 버무려 먹는 찬이 있다 어머니가 말하기를, 명태선이라 한다 국어사전에는 물론 없다
(…)

나도 얼굴을 본 적 없는 할아버지가 맛있게 자셨다는 이것을 담글 때면 어머니는 솜치마 입은 북쪽 산간지방의 여자가 되었으리라 그런 날은 오지항아리 속에 먼바다를 귀히 모신다고 생각했으리라

갓 담근 명태선을 놓고 아들과 함께 밥을 먹는 오늘 저녁, 눈발이 창가에 기웃거린다 북방한계선 밑으로 내려가고 싶지 않은, 수만 마리 명태떼가 몰려오고 있다
　　　　　　　　　　　　　　　—「북방(北方)」 부분

이 시에서 명태선이 만들어지는 과정은 상상 속에서 눈발의 이동경로를 따라 진행된다. 시인이 음식을 대하는 태도는 할아버지–어머니–나–아들의 대물림을 통해 '명태선'이라는 별스런 반찬이 어떻게 공동체의 추억에 스며드는지를 탐색하면서 드러난다. 그래서 이 시집에서 식물과 동물 들은 음식이 되어서 오히려 펄떡이는 생명감을 회복하고 있다. 서시에 해당하는 「공양」에 등장하는 싸리꽃, 산(山)벌, 칡꽃, 백도라지, 소낙비, 매미울음 등도 서로가 서로의 '간격'이 되어줌으로써 자신만의 독특한 감각을 회복한다. 싸리꽃을 애무하느라 산벌은 일곱 근의 날갯짓 소리를 가졌고, 꽃잎을 열기 위해 안간힘을 쓰느라 이틀 전부터 백도라지 줄기는 두 치 반의 슬픈 미동을 한다. 이 시집에 무수히 나타나는 식물들과 새와 가축과 물고기 같은 동물들은 음식 속에서 서로의 '간격'이 되어 자신들만의 독특한 감각을 회복할 공간을 획득한다. 음식은 인간과 자연이 계산이나 투쟁에 의해 먹고 먹히는 관계에서 서로의 존재를 회복시켜주는 '공양'의 자리가 되는 것이다.

황조롱이 한 마리 공중에 떴다, 16층 창밖에 정지상태다

내 눈썹 높이와 한치 어김없는 일직선이다

생각하니, 허공에 걸린 또 하나의 팽팽한 눈썹이다

(…)

위에서 내리누르는 바람과 아래에서 떠받치는 바람
을 발톱 끝에 말아쥐었다

그는 침묵하고 있다, 입을 다물고 있는 동안 부리는
더욱 단단해지고 날카로워졌다

나는 낡아가는데,

그는 오만한 독학생 같다

세상의 책에다 밑줄 하나 긋지 않고 있다, 밑줄 같
은 건

먼 산맥의 능선과 굽이치는 강물에다 일찌감치 다
그어두었다는 듯

—「공부」 부분

16층 연구실에 앉아 세상 공부를 하기 위해 책을 들여
다보는 시적 화자를 비웃듯 황조롱이는 오만한 독학생처
럼 공중에 떠서 세상의 책이 아닌 "먼 산맥의 능선과 굽
이치는 강물에다" 밑줄을 긋고 있다. 어쩌면 시인에게 음
식 만들기란 그러한 생명의 원시성을 회복하기 위한 공
부라는 생각이 든다. 그것은 또한 우리가 잃어버린 온갖

기억과 공동체의 향수와 굽이치는 세계의 길들을 되살려내려는 감각 만들기가 아닐까. 안도현의 새 시집은 시적 음식을 통해 우리들에게 다시금 삶을 회복할 수 있는, 내적 삶으로 가는 길을 만들어주고 있다. 사람들이 살아가면서 자신만이 아닌 타자와 향유해야 할 시적 음식을 충실히 담아내고 있는 것이다. 이제 우리는 시적 이미지로 차려낸 밥상에 몸을 끌어당기기만 하면 된다. 한 시인의 강요하지 않는 은근하고 깊은 애정에 의해 우리의 기억과 삶의 실이 곧바로 연이어진다는 사실은 얼마나 경이로운가.

朴瑩浚 | 시인

시인의 말

또 이렇게 수면에
물결을 새기려 대들었구나.

물속을 헤집다가
뒤를 돌아보는 오리처럼
물소리를 움켜쥐었다가 놓는 물갈퀴처럼

후회는 늘 막차를 타고 오고,

풍경이 아려서
나도 아프다.

2008년 1월
안도현

창비시선 283

간절하게 참 철없이

초판 1쇄 발행 / 2008년 1월 21일
초판 28쇄 발행 / 2025년 2월 11일

지은이 / 안도현
펴낸이 / 염종선
책임편집 / 박신규
펴낸곳 / (주)창비
등록 / 1986년 8월 5일 제85호
주소 / 10881 경기도 파주시 회동길 184
전화 / 031-955-3333
팩시밀리 / 영업 031-955-3399 편집 031-955-3400
홈페이지 / www.changbi.com
전자우편 / lit@changbi.com

ⓒ 안도현 2008
ISBN 978-89-364-2283-7 03810